맹산식당 옻순비빔밥

모악시인선 2

맹산식당 옻순비빔밥

박기영

모악

시인의 말

이 유민의 검은 발자욱을
평안남도 맹산군 수정리를 원적지로 가진
모든 사람들에게 바칩니다.

2016년 7월
어두운 남쪽에서
박기영

차례

시인의 말　5

1부　낭림산맥을 그리다

오소리술　13

맹산식당 옻순비빔밥　14

도부일기　16

꿩낚시　18

저담기(猪膽記)　20

어육계장　22

육포탕　24

떡벽돌집　26

어육장　28

곰순대　30

호박잎찜　33

꿩냉면　36

갓김치　38

길성이 조카님　40

2부　한 마리 버들치처럼

정구지김치　45

청국장반대기　46

빈대떡 48

명태밥 50

수성못 닭찜 52

꿩두부 54

어죽국수 56

동지팥죽 58

고등어국 60

냄비밥 62

3부 부용대 백사장

감자수제비 67

지리산 까막돼지 68

은어구이 70

감자탕 72

상어돔배기 74

콩잎장아찌 76

감천동 이모 77

조기울음 78

토끼반대기 80

마주조림 82

콩비지밥 83

침시(沈枾)   84

4부 호두나무 과수원 아래

앵두   89

염매시장 수육   90

아욱국   92

도리뱅뱅   94

도루메기   96

청어과메기   98

문어단지   100

옻순   102

고들빼기김치   104

동백기름   106

산국(山菊)   108

신성에게 말하다   110

두부에 대하여   113

곡주사   116

발문 미칠 듯한 근질거림의 발화 | 이하석   117

1부
낭림산맥을 그리다

오소리술

굴이래 둥글게 파야 하누만. 삽자루 콱 잡우라우. 너
네 목숨 잡듯이. 보라우. 이것이래 너구리와 달라. 굴속
에 있을 때 아무리 연기 피워도 눈 하나 깜박 안 누만.
그러니끼니 이놈이래 잡을 때는 창으로 찌를 수 있을 때
까지 굴을 파는 것이야. 그렇게 확실하게 파라우.

항아리에 누룩 채우고 땅속 깊이 뼛속의 고통 캐내기
위해 오소리술 묻는 날. 거친 평안도 사투리 따라가다
문득 고개 들면, 아버지 가슴 깊이 슬픔에 찔려 동굴 속
헤매고 있었다.

맹산식당 옻순비빔밥

식당 문 열고 들어가면
서툰 솜씨로 차림표 위에 써놓은 글씨가
무르팍 꼬고 앉아, 들어오는 사람
아니꼬운 눈으로 내려다보고 있었다.

"옻오르는 놈은 들어오지 마시오."

그 아래 난닝구 차림의 주인은
연신 줄담배 피우며
억센 이북 사투리로 간나 같은
남쪽 것들 들먹였다.

"사내새끼들이 지대로 된 비빔밥을 먹어야지."

옻순 올라와 봄 들여다 놓는 사월
지대로 된 사내새끼 되기 위해
들기름과 된장으로 버무려놓은 비빔밥을 먹는다.
항문이 근지러워 온밤 뒤척일
대구 맹산식당 옻순비빔밥을 먹는다.

옻오르는 놈은 사람 취급도 않던 노인은
어느새 영정 속에 앉아
뜨거운 옻닭 국물 훌쩍이며, 이마 땀방울 닦아내는
아들 지켜보며 웃고

칠십년대 분단된 한반도 남쪽에서 가장 무서운
욕을 터뜨리던 음성만
옻순비빔밥 노란 밥알에 뒤섞여 귓가를 떠나지 않는다.

"옻올랐다고 지랄하는 놈은 김일성이보다 더 나쁜 놈
이여."

도부일기

"빨랑 들어오라우."

학교 갔다 돌아오면 가게 뒤편 냉골 수북이 쌓여 있는
창고 안으로 불려 들어갔다. 바깥에서 잘 보이지 않는
골방 어둠 속 미처 해부되지 못한 죽음이 숨어 있었다.
노루, 오소리, 어떨 때는 나보다 더 큰 덩치의 곰도 숨어
있다 불쑥 커다란 발톱을 내밀었다.

"칼 잡으라우."

새파랗게 수염을 깎은 얼굴. 차가운 살갗으로 단련된
칼날에서는 피비린내가 이마 번득거리고 쇠 사이로 스
며든 기름진 죽음들. 그 죽음을 풀어 헤쳐주기 위해 손
목 움직이면 산속 헤매던 짐승들 숱한 울음이 어깨 타
고 온몸으로 번져 나갔다.

"노루래 잡을 때가 있어."

몰이꾼에 쫓기다가도 산마루 올라서면 꼭 한번은 멈
추어서 뒤돌아본다는 짐승. 목숨이 미처 못 따라오는 것
은 아닐까 확인하다가 죽는다는 짐승. 수십 번도 더 들
은 사냥 이야기 귓전으로 흘리며 창고 수북이 쌓인 죽
음 하나둘씩 풀어헤치면 불쑥 어둠이 고개 들고 나를

들여다보았다.

"갸들이래 이제 편안하게 산을 헤맬 것이구만."

산짐승도 계엄령이 무서워 사람 다니던 길 피하다 올
무에 걸려 도심으로 불려오던 1975년 대구. 밤마다 내
가 해체한 짐승들이 꿈속 뛰어다니고 그들의 차가운 피
가 지나간 손바닥에서는 수상한 나뭇잎들이 돋아났다.

꿩낚시

겨울에는 바람이 돌지. 눈이 온 산골짜기 한 바퀴 돌아 밤을 달구어내면서 꿩들을 미치게 만들지. 그때가 고비야. 물에 불린 생콩냄새가 비릿하게 새벽 공기 물들이고 밤새 별빛에 얼어버린 벼슬 끝이 꿩을 돌게 만들지. 그럴 때 바로 하늘을 낚아 아궁이에서 끓일 일이 생기는 것이지. 꿩을 낚시로 잡는 일이 벌어지는 것이야.

아버지가 낚시로 꿩을 거두어 온 날은
칼국수를 먹었다.

생콩에 숨겨둔, 외줄낚시에 붙잡혀
하늘을 끌고 잡혀온 짐승.

별점이 박힌 껍질 벗겨내면
붉은 겨울 살
새콤한 얼음냄새 풍기고.

밤사이 날개깃에 새겨진
하늘 말씀 듣기 위해
메밀가루 섞은 홍두깨 밀어

칼국수 끓이면
꿩이 두고 온 사과밭 한쪽에서
족제비 꼬리 같은 달
눈 감고 훔쳐보고 있었다.

서리가 하얗게 내려앉은 들판. 하늘을 낚아 뱃속에 숨겨두던 사람들 어두운 그림자 이제는 보이지 않고. 그 그림자 주름처럼 새겨진 연밭 지나 충충이 세월이 공중으로 모래 탑을 쌓아올렸다.

아파트 단지 옆을 날다 장끼가 박제된 하늘.

저담기(猪膽記)

　달이 산을 지배하는 것이지. 달이 움직이면 산 그림자
가 숲속 헤매고, 나뭇가지 사이로 산돼지 둥지 들여다보
고, 개울가 버들강아지 솜털 한번 털썩 하고, 물가에 주
저앉아 겨드랑이 파고드는 물소리에 콩콩 언 계곡 부시
시 눈 뜨게 하는 것이지.

　그럴 때 멧돼지 가슴에 스며드는 거야. 해산 때 찬바
람 숨어든 여인네 아기집마다 산속을 떠도는 영혼들 스
며들어, 날 차면 무릎과 손목이 시리고, 뼛속에 어두운
달밤 부엉이 우는 소리 배어, 겁 없이 산 밟을 사람 숫자
늘여놓은 것 꾸짖어대는 거야. 산후풍이 그렇게 찾아 들
고, 달이 건드리고 간 산마다 아낙들은 늙은 신음소리
자근자근 씹어서 공중에 올려놓은 것이지.

　저담이라고 해.
　멧돼지가 산밭 파헤치고
　소나무 등걸 비비며
　뱃속에 숨겨둔 쓰디쓴 액체.

　그 쓴 액체들이 뱃속에서 조금씩 고여 주머니 만들어

20

산후풍. 팔다리에 산바람이 돌아다니고, 달빛이 얼어붙은 개울물 옮겨다놓은 것을 풀어내는 저담이 되는 것이지. 미역국을 끓여 그 저담으로 몸속에 스며든 산바람 풀어주어야 해. 몸속에 들어앉은 산 하나를 밖으로 꺼내서 땀으로 흘러내야 달이 숨겨둔 사연들 빠져나와 함부로 산속 헤매는 아이를 낳은 값을 갚도록 하지. 멧돼지는 그것을 품기 위해 여인이 사는 고구마 밭 풀어헤치고, 옥수수 줄기 씹어서 담을 키워 뱃속에 산 하나 품는 거야. 저담을 품는 거야.

어육계장

그해 여름 더위는 지리산 칠선계곡 건너가지 못했다. 계곡 입구에서는 밤부터 대여섯 남정네들 밤새 그물을 치고 물고기가 오르내리는 것을 막았다.

사내들은 동 트기 전 계곡 입구에 천막 치고 가마솥을 걸었다. 해가 중천에 걸리자 달아오른 솥 안은 전쟁터였다. 꺽다구와 돌고기, 산메기 살이 갈라지고 뼈가 추려져 형체 찾아볼 수 없었다.

그 속으로 닭들은 뼈째 삶겨져 골수까지 토해내고 마침내는 살결이 실처럼 풀어져서야 계곡 입구에 버려졌다.

가마솥 걸어놓은 바위가 달아오르기 시작하자 수은주 끝 끌어올리는 햇살 막기 위해 솥으로 고사리며 대파, 숙주와 고춧가루로 이루어진 지원군들이 투입되었다.

정오가 가까워지자 반백의 노인네들이 마지막으로 천막 안에 모여 억센 평안도 사투리를 뚝배기 안으로 쏟아내며 인정사정없는 남쪽 간나들 더위를 땅으로 메쳤다.

조밥과 어육계장의 붉은 국물들. 이마에 검버섯 가득한 노인들 사투리 거들고, 산 험한 평안도 차가운 계곡 물 닮은 곳 찾아 나온 사람들은 어육계장 뜨거운 국물

에 자신을 묻고, 칠선계곡 급류에 막혀, 걷어 올린 허벅
지에서 울고 있던 그해 여름, 고향 잃어버린 더위를 묵묵
히 바라보고 있었다.

육포탕

허벅지까지 빠지는 눈밭에서 무엇이 보이겠어. 그 속을 헤맬 때 모든 것을 가볍게 해야 해. 생쌀도 무거워 미숫가루 만들어 지고 가는 거야. 소금 한줌 하고. 그때 빼놓지 않고 가지고 가는 것이 있어.

육포야. 잡은 사냥감 그늘에 말린 육포. 멧돼지 다리 하나도 뚤뚤 말면 조그마한 목침만 해지는 육포. 어떻게 만드냐고? 양지녘에 썰어서 싸리나무 소반에 널어 말리지. 비결은 얼었다 녹았다 하도록 해야 해. 너 동태 말리는 거 본 적 있지. 한겨울 바람도 얼어서 쇳소리 나는 산비탈, 그곳에서 바다 속 차가움 베어내기 위해 눈발로 살 말리는 명태. 그것을 떠올리면 돼. 산 고기들도 그렇게 말려서 육포를 만드는 거야.

피비린내도 얼었다 녹으면서 사라져버리고. 산기슭 인간 욕심도 눈밭에 묻혀 없어지고 나면 멧돼지나 사슴의 순살만이 물기 하나 없이 남아 육포가 되는 거야. 소 한 마리도 그렇게 말리면 한 짐도 안 되게 변해버리지. 그런 육포 가지고 다니면서 헤매는 거야. 산신령이 그냥 쉽게 잡히겠어. 몇 개의 봉우리 몇 개의 골짜기 넘다 밤이면 산 바위 밑에 잠자리 잡고 육포에 소금 넣고 탕 끓여서 언 몸을 녹이는 거야. 하루 종일 눈밭 헤맨 다리를 달래

고 뼈까지 차오른 얼음을 육포탕 더운 물로 빼내는 것이
지. 그렇게 낭림산맥 속을 헤매는 거야. 산신령 혼에 마
음이 빼앗기면.

떡벽돌집

정감록이 세상 떠돌 때 이야기란다. 떡으로 집을 짓는 노인이 있었단다. 사람들은 모두 손가락질 했었단다. 노인이 노망들어 사람도 못 먹는 떡으로 장난을 한다고. 그러거나 말거나 노인은 곡식 생기면 떡을 만들어 집을 지었단다. 그것도 인절미로만 벽을 쌓는 집. 인절미 벽돌 집인 셈이지.

어떻게 만들었냐고? 떡메를 치고 떡살 눌러 납작하고 길게 가래 쳐서 그늘에 말리면 떡벽돌이 되는 것이지. 단단히 마르면 이빨도 안 들어가는 떡벽돌. 그걸 하나씩 쌓아 올렸던 거야.

그 집이 만들어지자, 노인은 한지로 도배를 하고 살았대. 그리고 방문 현판을 붙여놓았대, '활인방'이라고. 현판 뒤에는 글씨까지 써 붙였어. 마침내 노인은 그 방을 만들고 삼년 뒤에 죽으면서 아들에게 유언을 했대. 난리가 들면 현판 뒤 글씨를 봐라. 정말 얼마 뒤에 난리가 나서 세상 사람들이 모두 피난해야 한다고 야단법석이 벌어졌어. 아들이 문득 아버지 유언 생각나 '활인방' 현판 뜯어내서 읽어본 거야. "떡벽돌을 허물어 사람들에게 나눠주어라." 거기에 적힌 내용이야. 아들은 동네사람들 불러 모아 그 집 허물고 나오는 떡벽돌을 사람 숫자만큼

나누어주었대. 사람들이 한 짐씩 지게로 그 벽돌을 가져
가고 나니 집 있던 자리는 빈 터만 남았지. 그로부터 삼
년 동안 난리를 치렀는데, 온 나라가 전장터 되어 굶어
죽는 사람이 부지기수였는데, 그 마을에서는 한 사람도
안 죽은 거야. 왜냐구? 떡벽돌 물에 불려 쪄먹고 살았거
든. 떡벽돌 한 짐은 쌀이 세 가마 들어가는 분량이었거
든. 동네사람들은 난리 뒤 그 집에 모여 노인에게 제사
를 지내고, 그 집 일이면 서로 손을 도와서 후손들 중에
굶어죽는 사람이 없었다는 거야. 우리도 떡벽돌로 집하
나 지어볼까?

어육장

눈 펄펄 내리고 문풍지에 얼음 내려 아랫목 지글거리는 겨울 처마 밑, 바다와 하늘땅이 꽁꽁 얼어 기도를 하지. 풍장에 든 영혼처럼. 바람에 세상 모든 근심 날려 보내고 땅 위 하얀 이불 깔리면 사람들은 혓바닥에 숨겨둔 비밀 하나 키우기 시작하지.

항아리 속에 비밀 하나 숨길 준비를 하는 거야. 어육장이라고 해. 한겨울 꽁꽁 얼어붙은 세월이 흙속에 태자리 하나를 키워내는 것이지. 조기는 하늘을 눈에 담아 커다란 눈동자만 초롱해지고 꿩들은 살이 미라처럼 줄어들어 구름과 천둥 바람 속에 묻었던 시간들을 붉은 살 속에 사리처럼 가두어버리지. 느릿느릿 땅 걸어 다니며 수없이 되새김질로 풀과 흙의 노래를 부풀려 올렸던 소는 목숨 바쳐 공중에 매달렸던 자신을 되돌아보지. 그것들을 메주와 함께 땅속에 묻고 문종이로 숨구멍 만든 뒤에 새끼로 챙챙 동여매 만드는 어육장. 그 안에 지독한 독으로 무장한 옻나무 가지도 한 다발 넣고 불에 지쳐서 시커멓게 변한 산속 참나무 가지도 넣은 뒤에 흙으로 덮고 기다리는 거야. 봄이 항아리 위에 떨어뜨리는 꽃들의 분분한 이야기도 듣고, 소나기 요란스런 소문도 쫠쫠 흘러가는 물소리 넘긴 뒤에, 땅속에서 이루어지는 일이

궁금해 얼굴이 붉게 물든 홍시 새끼들 호기심 잔뜩 자극한 뒤, 눈으로 군더더기 덮고. 얼음으로 키운 맛 어육장 노란 향기가 땅속에서 얼굴을 드러내면 알게 되는 거야. 땅과 하늘, 바다 그 모든 것을 섞기 위해서는 항아리 속에서 메주들이 세월의 짜디짠 소금물 파도를 어둠 속에 수없이 밀물과 썰물로 주고받아야 깊숙한 맛이 온몸에 새겨진다는 것을.

곰순대

곰순대라고 들어봤어? 싸리나무로 익힌다는 순대. 산
에서 곰을 만난 사람들이 만들었다는 전설 같은 구운
순대. 그 순대 만나기 위해서는 산으로 올라가야 해. 이
제는 가볼 수 없는 곳. 낭림산맥 울긋불긋한 가을 능선
타는 곰 사냥꾼 찾아나서야 해.

산이 돌아눕는다.
몰이꾼과 곰 발자국 찾아 헤매는 가을
숲은 벌써 곰을 부르기 위해
나뭇잎과 열매 공중에서 거두어들이고,
물소리는 산속 두런거리는 발소리
자꾸만 묻어버린다.

동면 속으로 들어가기 전 곰을 불러 세워야 해. 그를
불러 세웠다 해도 문제가 해결된 것은 아니야. 곰을 잡
아도 그냥 달랑 웅담 가지고 오면 누가 믿겠어. 그래서
만드는 거야. 곰순대. 산속에서 곰 잡아 내장에다 고기
넣고, 쌀과 소금으로 만드는 거야. 그릇, 그런 것은 없지.
내장을 뒤집어 씻지도 않고 속을 채우는 거야.

가을 하나가 곰 몸안으로 다 들어간다.
둥근 따뺑이 동굴 안으로 들어가
사람들 의심을 모두 감추어버린다.

그렇게 만든 순대 싸리나무 숯불로 구워내는 거야. 그
럼 뒤집힌 내장의 분비물이 타서 없어지고 안에 내용물
만 수분 토해내서 곰이 살아온 온갖 내력 스미게 하는
거야. 그렇게 만든 순대를 한 사람이 지고 산 아래 마을
로 내려가는 거야. 사냥꾼은 곰 머리에서 쓸개가 달린
내장 부분을 가지고 가고 몰이꾼들은 곰순대 칭칭 감고
산 아래 마을로 내려가서 사람들에게 곰순대 나눠주는
거야. 왜냐고? 웅담에 이름을 붙여야 하거든. 곰이 클수
록 먹은 사람이 늘어나고 곰순대 먹은 사람들이 자기 이
름을 쓴 종이를 하나씩 웅담자루에 붙여서 전설을 만
들어가는 거야.

수북이 눈 쌓인 지리산
낯선 능선 걸어가면서 진짜 사냥꾼 이야기
발자국으로 찍으며
평생 먹어볼 수 없는 곰순대 만드는 법

하늘에 올린다.
낭림산맥 그 산림 속 헤매던 아버지 이름
어둠 속에 하나씩
별로 붙여 하늘로 올린다.

문득 끊어진 하늘 가로지르는 별똥별.

호박잎찜

집을 들고 다녔지. 네 귀퉁이에 어른 허벅지 굵기의 나무 기둥 만들고 그 사이 판자를 둘러 만든 집. 그 집을 들고 다니면서 살았어. 무슨 전설 같은 이야기냐구? 네가 태어나기도 전 호박농사로 할아버지와 내가 살던 시절이니까 불과 오십년도 안 되는 이야기지.

호박농사를 지었어. 평수로 오만 평. 겨우내 거기다 구덩이 파고 똥장군을 받았어. 마차에 실려 오는 똥장군. 사람들 뱃속에 넣고 다니다 몰래 숨어 엉덩이 까고 내지르는 욕심을 담아온 똥장군 모으는 거야. 그곳에 담겨온 욕심을 구덩이에 붓고 나서 흙으로 덮고, 옆 구덩이에 붓고 나서 또 덮고, 돈 한 푼 없이 그 넓은 땅 농사짓는 비법이야. 봄이 되면 그 흙구덩이에 호박을 심었어. 작대기로 푹 찔러서 호박씨 넣고 삽으로 흙 덮으면 끝이야. 여름 되면 구덩이마다 인간들 뱃속에 담겨져 있던 욕심들 정신없이 자라나서 꽃을 피우는 거야. 노랗게 여기저기 꽃 피어 벌 소리 웅웅거리고 난리야. 원래 욕심 옆에는 다른 소문이 붙기 마련이지. 그럼 덜컹 하고 호박 맺히는 것이지. 그럼 다 된 거야. 새벽이면 그 욕심 거두러 돌아다녀. 뒷짐 지고 어슬렁어슬렁 지게 작대기로 욕심 키운

다고 꾸짖듯이 호박잎 뒤척이다 호박이 보이면 냉큼 따서 지게에 올리고, 냉큼 따서 올리고, 잠깐 사이 한 지게 가득 욕심 거둬 달구지에 옮겨 싣는 거야.

할아버지는 한 만 평 그렇게 욕심을 거두어 시장에 나갔어. 그때가 언제야. 차가 없어 시장에 지게로 물건 싣고 다니던 시절이야. 너가 태어나기도 훨씬 전. 그러나 불과 반세기 전의 이야기야.

그럴 때 달구지로 아침에 한 달구지, 점심에 한 달구지, 욕심 실어 장에 풀어놓았어. 어떻게 되었냐구. 호박 값이 똥값이 되었지. 그럼 지게로 호박 내던 사람들 다시 욕심을 한 짐 지고 왔던 길 돌아가던지 장바닥 한쪽에 버려야 해. 저녁이면 시장 여기저기 수북이 쌓였어, 욕심들이. 그 다음 날도 만 평 욕심을 따서 나가면 또 다른 욕심이 쌓여. 그렇게 한 보름 하고 나면 한 백 평 호박농사 지어 지게에 욕심 지고 나오는 사람들은 장으로 나오질 않아. 그럴 때쯤이면 호박밭은 뜨거운 햇살 받아 욕심 자라는 소리가 요란해지지. 사람들 불러 그 욕심 거두어 달구지로 실어내는 거야. 아침에 두 달구지, 점심에 두 달구지, 그 시장 인근에는 욕심 끓여먹는 사람들이 몽땅 달구지 호박에 매달려 사는 거야.

호박잎으로 된장을 끓여서 보리밥과 함께 먹어 봐. 조그만 욕심이 달린 망우리와 꽃봉오리까지 함께 넣어서 호박잎쌈을 싸먹는 거야. 욕심을 싸먹으면서, 겨우내 들고 다닌 집을 떠올리지. 네 귀퉁이 욕심을 들고 들보에 한 살림 쌓아 들고 다니던, 그 지독한 유민기(流民記)를. 호박잎 처진 모습에서 서글피 울고 있는 한 마리 여치처럼 들여다보는 거야. 벌써 반세기 전의 일이야. 네 할아버지가 오만 평 욕심을 키우던 그 대구 변두리 시장 동네. 이제는 모두 어디론가 떠내려가고, 달구지 바퀴처럼 비명만 지르는 추억들 아우성마저 가물거리네.

꿩냉면

솥에서는
불길 피해 피난 나선 사람들처럼
끓어오르는 물방울들
솥잔등 밖으로 달아나기 위해
몸부림 치고 있었다.

부뚜막에 아슬아슬하게 걸어놓은
냉면틀 누르면서
아버지는 가슴에 쌓이는 분노를
전신으로 쥐어짠다.
"무시기 메밀이 이렇게 찰기가 없어."

메밀마저 고향 잃고
비틀거리는 냉면틀 빠져나와
설설 끓는 아버지의 땀방울 아래로
떨어져 내리고,
끈기 없는 메밀발 솥바닥 닿기 전
회초리보다 가는 국수칼로
아버지는 서러운 피난살이를 끊어냈다.

얼음살 하얗게 내린
붉은 갓물 든 동치미 냉면 사발에
손으로 빈대떡 뜯어 넣으며
아버지는 수십 년 전 두고 온 고향
들여다보고 계셨다.
"어캐 냉면이래 가위로 짤라
쌍놈의 새끼들, 지대로 된 꿩육수도 모르는 것들이!"

평안도 맹산,
겨울이면 눈발이 지붕까지 쌓여
새끼줄로 굴 파고 돌아다녔다는 곳.
그 먼 곳까지 설설 끓은 냉면솥
혼자 옮겨갔다 내려오신 아버지의 부엌은
겨우내 잔기침 소리로 불이 쉬 꺼지지 않았다.

갓김치

1985년 양구.

야전트럭 포장을 후려치던 눈발이 마을 지붕들 비무
장지대 밖으로 끌고 가버린 해발 400미터의 분지. 인적
끊긴 달빛마저 눈 속에 묻어버리고 사내는 혼자 뒷방에
앉아 노인이 들이민 소반을 들여다보고 있었다.

젓가락 가지런히 놓인 소반 위에는 붉은 갓물 든 무가
몇 조각 벗은 몸을 눕혀놓고, 간장 종지조차 강풍에 시
달렸는지 하얗게 반짝이는 양념장 아래 국수들은 삽시
간 덮치는 냉기에 살얼음 밑으로 등을 숙였다.

철조망 너머 북쪽으로 삼백리를 가야 한다고 했다. 그
곳으로 가장 먼저 달려가고 싶어 한겨울 영하 이십도가
넘는 이곳에 들어와 산다고 했다. 국수 삶은 노인은 그
곳에 가보기 전에는 눈을 감지 못한다고 했다. 붉은 갓
물 든 동치미 육수, 노인의 가슴에 새겨져 있는 멍이 들
어난 소반 위 막국수는 젓가락 위에서 뚝뚝 끊기며 피
눈물처럼 목젖을 메워왔다.

밤새도록 눈보라 양철지붕 흔들고 사람들의 꿈마저

묻어버린 눈이 처마 밑에 쌓이던 그날 밤. 사내는 힘들게 채운 배 잠재우기 위해 혼자 낯선 객지 작은 방을 뜬 눈으로 지키며 철조망 너머 이빨 시리도록 동치미 국물이 맛있다는 삼백리 밤 헤매고 다녔다. 1985년 겨울 양구, 불빛조차 철조망에 갇혀 바람에 가물거리던 민통선 안 마을.

길성이 조카님

나보다
스물여덟 살 나이 많은 길성이 조카님.

평양에서 열아홉 살 때 인민군 입대했다
반공포로로 풀려나
외톨이 꺼벙이처럼 남쪽 떠돌아다니다

모란봉 아래
로스케시장 장사하던 삼촌 만나
사십년 넘게 허공에서 케이블카 만지다
큰딸 비행기 타는 양키 따라 보내고
하나 남은 아들마저 외국지사로 떠나보낸 뒤

남의 동네 모퉁이에 혼자 남아
꿩육수 쌉쌀하게 우려내는 사리원 냉면집 빈대떡 뒤
척이다
닝닝한 무조각 목메면 불쑥 핸드폰으로
안부 던지던 백발성성한 조카님.

불과 달포 전 이제는 사라져버린 고향사람들 이름

하나씩 부르며
같이 돌아갈 사람 없다고, 소주잔 가득 고인 눈물
혼자 마신다고 짐승처럼 울부짖던
여든다섯 조카님.

을밀대 옆에서 혼자 살 때도
이렇게 서럽지 않았다고 원적지 구경 못한
어린 칠촌 아제에게 피 토하듯
평안도 사투리 들려주던 그 조카님 부고가 왔다.

2부
한 마리 버들치처럼

정구지김치

어머니 첫 제사 오던 해 여름이었다.

마흔 넘은 홀아비가 혼자 여섯 살 되는 사내아이 키우는 것 안쓰러운 주인집 노파는 그해 첫 정구지김치 사기그릇에 담아 문간방 댓돌 위에 올려놓았다.

양철 지붕도 뜨거운 햇살에 밤마다 가쁜 숨 토하던 방안, 마른버짐 번진 얼굴에 여름감기 떨어질 날이 없던 아이는 난생 처음 보는 정구지김치 정신없이 퍼 먹었다.

다음 날 홀아비는 노파에게 정구지김치 담는 법을 듣고 시장에 나가 통멸치를 사다 끓인 뒤 종이에 거르지도 않은 채 김치를 만들어 냄비에 담았다.

호롱불이 심지 길게 돋우던 밤, 사내아이는 자꾸만 잔가시가 혓바닥 찌르는 김치를 입안으로 밀어 넣었다. 김치가 달아 달아, 하면서 뻘겋게 핏물이 든 입술을 오물거리고.

통멸치 뼈째 정구지 버무린 사내의 손은 심장처럼 붉게 부풀어 홀아비 혼자 사는 밤을 아슬아슬하게 지켰다.

청국장반대기

구린내 누릿누릿 나는 청국장
손바닥으로 다지면서 아버지는 말했다.

"남쪽 에미나이들은 이 맛을 몰라.
산이래 조그만 해가지고
며틸씩 눈 속을 헤매봐야 알디."

열네 살, 포수 되어
평안도 맹산 험한 등줄기 타고 다녔던 아버지
여름에 입맛이 없으면
콩을 띄워, 청국장반대기 만들었다.

한 보름 길도 없는 산, 눈발 헤치며
짐승 쫓아 헤맬 때 주머니에 싸고 다녔다는 음식.
소금과 청국장 손바닥으로 다져
숯불에 구웠던 세월.

불쑥 하고 그 사라진 시절 낯선 땅에 떠오르면
노인은 맹물에 찬밥을 말아서
짜디짠 청국장반대기 한 점씩 뜯어 삼키며

범보다 무섭다는 피난살이 온갖 설움
목젖 깊이 넘기며 중얼거렸다.

"에미나이들은 이 맛을 몰라."

빈대떡

번철에는
세상 귀찮다는 듯 전신 뒤척이며
지글거리는 돼지기름이
불만 터뜨릴 대상 기다리고 있었다.

신김치와 숙주, 거기에 고사리며
파까지 썰어 넣고
맷돌에 사정없이 갈은 녹두반죽 뒤섞어
한 국자 던져 넣으면서 아버지는
가슴에 새겨진 멍울이 지글거리는 소리를 눌렀다.

"뒤적이지 말라우! 고대로 익히라우."

뜨거운 비계가 녹두살 태우는 냄새 코를 찌르고
번철의 번들거리는 피부가
아무도 찾아오지 않는 추석 문지방 물들여도
아버지는 묵묵히
달만 한 빈대떡을 들여다보았다.

"딱 한번 뒤집는기여. 사는 일은."

그 말과 함께 뒤집개가
번철 속으로 사라졌다 나타나고
잠시 동안 공중에서
휴전선 너머 평안도 맹산 갔다 온 빈대떡은
뜨거운 불 위에서
설익은 가슴 지지고 있었다.

"데데하게 두드리지 말라우.
이거이 무슨 화투장이가? 미련한 남쪽 아이들이래
전 부치며 두드리지. 우리는 아이 그랬음."

송편 하나 빚지 않고
고향 하늘에 떠올랐던 숱한 달을 혼자 불러오며
담장 너머로 지글거리는 가슴의 신음소리 다스리던
어느 해 실향민의 추석.

명태밥

가마솥 안에
조용히 밥물이 끓어오르면
백색의 파도 일어나는 바다가 있다.
그 파도를 타고
한 떼의 생선들이 세상을 헤엄쳐 다녔다.

투명한 물고기처럼
머리와 내장 모두 잃어버리고
사정없이 잘려나간 꼬리
커다란 눈동자조차 사라진 채
뜨거운 밥솥에 거꾸로 박혀
그들은 새로운 설법 속을 헤엄쳐 다녔다.

화두처럼 쌀알 속에 박혀 있는
두부와 김치 사이
묵은 시래기와 콩나물 해초를 헤치고
자유롭게 유영하는 동안
부뚜막 가득, 구수하게 퍼져나가는
바다 냄새가 출렁거렸다.

가마솥 안에서 두 눈 감고
쌀 익어가는 백색의 연화대 위에서
자신이 배운 모든 것을
소지공양하며 환골탈태하던 명태들의 수행.

무쇠 솥으로 만들어진
거대한 가람에서 한때 안거철 지나고
주걱에 담겨져 대접으로
회유하다, 마침내 사람들 밥상으로
양념 종재기와 함께 올라오던 명태밥

이제는 그 밥을 만들던
사람들 모두 세상 방부에서 사라져버리고
입 안 가득 굴러다니던
매운 마늘 양념장 아린 기억만 그리워
겨울철 명태들 누워 있는
어물전 눈 질끈 감고 지나간다.

수성못 닭찜

그날 지리산 양 선생이 대구로 왔다.
꽹과리와 상모로 칠성 운동장을 들었다 놓았다.

우리는 안주도 없는 막걸리 놓고
술잔에 비친 늦가을 검은 하늘 훔쳐보며
암호처럼 조심스럽게
누구는 산으로 숨고, 또 누구는
전방으로 끌려갔다는 소문을 나누었다.

중모리와 휘모리로도 모자라
결국은 혀가 꼬부라지도록 마시고도
갈증 마르지 않던 그날 저녁
우리는 사물을 들고 수성못으로 갔다.

야통이 문 밖에서 두리번거리며
사람들 잡아가던 때
젓가락에 울분을 실어 낡은 탁자 부서져라
자진머리로 두드려도
스무 살 불경스런 뜨거운 피는 식지 않았다.

찬바람이 누렇게 버드나무 잎사귀
말려버린 수성못
월급 탄 선배가 차린 술상에 놓인
발가벗은 찜닭을 보면서
우리는 그해 마지막 징소리 하늘로 올리기 위해
살얼음 기웃거리는 못가로 달려갔다.

우리는 모두 목이 잘려
새벽이 와도 울지 못하는 접시 위에 놓인
시커멓게 간장물 든 닭들이었고,
얼어붙은 못가 끈 묶인 오리배들이었다.
1979년 시월 그날, 지리산 양 선생이 대구로 왔다.

꿩두부

손목이 먼저 알았다.
문풍지에 설얼은 눈발 서성이면
꿩 벼슬 붉어지고
사내들 새벽이 불타올라야 한다는 것을.

아버지는 사정이 없었다.
장끼를 벗겨 커다란 도마에 올려놓고
거침없이 난도질했다.
꿩은 살점과 뼈마디가 으스러지면서
아버지의 억센 손목 아래
하늘과 땅을 한 덩어리로 묶은 채 다져지고.

조그만 냄비에 삶아져
차갑게 식혀진 뒤에야 비로소 콩물 속으로
들어가기 위해 자신을
산산조각 부스러트릴 수 있었다.

꿩두부는 그렇게 만들어지기 시작했다.
온몸이 바스러진 콩물과
꿩고기 덩어리가 간수에 엉켜 붙어야

씹을 때마다 하늘의 뼈 씹히는 소리를 냈다.

밤새도록 여자가 없는 우리 집 부엌
오십 다 된 혼자 사는 남자와
열 살이 안 된 아이가
커다란 주걱 들고 부엌 마당 돌아다닌 뒤

비로소 한 덩어리 꿩두부로 변해
매서운 세상살이 몰아치는 섣달 하늘 지나
새로운 해 기다리며
온갖 서글픔 이빨로 부스러뜨리는 음식 되어
상위에서 우리를 기다렸다.

어죽국수

형, 기억 나? 초등학교 입학한 뒤 형과 단 둘이 시꺼먼
먹물 난닝구에 묻어나는 교복 입고 처음 외갓집 가던
길. 신새벽 아버지가 건네준 삶은 달걀을 버스가 출발하
기도 전 목메도록 먹고 창문으로 밀어닥치는 먼지바람
에도 두리번거림 무서워 오금 저리던 길.

새벽부터 달리던 주둥이 튀어나온 버스는 결국 자갈
길 위에서 투덜대더니 엉덩이 까고 강가에 퍼질러 앉아
버렸지. 사람들은 차에서 내려 솥단지 걸고 천렵을 했지.
길가 미루나무에서 매미들 미친 듯 울고, 솥단지 하나
물가에 걸고 어떤 사람은 투망으로 여름을 건져 올리고.
어떤 사람들은 모래밭에 심어놓은 푸성귀 뜯어 와서는,
여드름 잔뜩 돋아난 터벅머리 조수가 퍼질러 앉은 버스
뜯어 고치는 동안 호박과 뒤엉켜서 끓어오르던 솥단지.
누군가 쌀자루에서 한줌 쌀알을 꺼내고 어떤 사람은 국
수 꺼내 한솥 가득 끓여내던 점심. 날은 타올라 강가에
모래알도 노랗게 달아오르고 언제 떠날지 모른 채 끓여
먹던 어죽. 입안 가득 생선가시 같은 가난들 고이고 비
포장된 인심들 모여 벌였던 잔칫집 같았던 천렵.

1965년 영동에서 보은으로 가던 보청천. 강가에 버드
나무들 국수발 같은 머리칼 물위에 드리우고 우리는 한

마리 버들치가 되어 그 속을 헤엄치고 다녔지. 그 한없이 목덜미를 검게 물들이던 검은 먹물로 만든 학생복 입고 외갓집 가던 날. 기억 나, 형?

동지팥죽

홀아비는 살림이 서툴렀다.
팥죽에 넣는 새알, 그 하얀 꿈들을
찹쌀로 빚는다는 것 몰랐다.

찬바람 불면
고무 얼음이 미나리꽝 덮던 비산동
동지 무렵, 호기심 가득한
별이 들여다보는 연탄아궁이 아래
홀아비가 처음 끓여보는 팥죽.

팥물은 시루떡 고명처럼
껍질 안은 채, 바닥 새까맣게 그슬린
솥단지에 눌러 붙고
밀가루 주물러 만든 새알은 가난처럼
납작하게 퍼져 숟가락에 떠올랐다.

그래도 올해는 냄비 들고
남의 집 부엌 기웃거리지 않아도 된다고
그것만 해도 어디냐고
아버지는 홀아비 생활 삼년째

소태보다 더 쓴 짠지 종재기에 담아놓고
누런 콧물 흘쩍이는 아이
버짐 번진 얼굴 자꾸 쓰다듬었다.

바람 불면 땅바닥까지
출렁이는 미나리꽝 고무 얼음 아래
푸른 싹들은 자꾸만
꼼작거리며 숨소리 도랑으로 토해내고

1968년 대구 비산동
무허가 판자촌으로 몰려든 사람들
밀가루 새알처럼 낯선 도시 떠돌던 시절.
냄비 바닥 납작하게 깔린
팥죽에서는 홀아비 길고긴 한숨
새까맣게 달라붙어 있었다.

고등어국

열네 살 때였다. 눈이 수북이 쌓인 속리산, 처음 외사
촌 누이를 만났다. 얼굴에는 가난이 그려 넣은 화장, 붉
게 여린 살을 물들이고 겨우 내민 손잔등은 모진 세상
살이 채찍이 할퀸 상처로 갈라져 있었다. 둘이는 아무
말도 못하고 발목까지 숨겨버린 어둠을 밟으며 말티재
넘어 두려운 세상을 향해 걸어 나갔다.

그때부터 사십년. 누이가 국을 끓인다.

하루 종일 커다란 양은솥에 그동안 살아온 세월을 끓
인다. 오리 숲 떠나 남의집살이로 떠돌던 이십대며, 집
장사하는 통영 갯사내에게 시집가 벽돌을 지고 계단을
오르던 삼십대, 그 소금기 절어 눈물조차 싱겁던 추억.
모두 이마에 새겨진 주름살로 걷어내고 고등어처럼 단
단하게 뭉쳐진 생을 대광주리에 풀어낸 뒤, 환갑 앞두고
된장같이 구수해진 손자놈 웃음소리 귓전에 흘리며 숙
주와 대파 같은 지난 이야기 한솥 가득 끓여 대접에 담
는다.

머리에 열네 살, 그날 밤 내리던 흰 눈 같은 머리카락
쓸어 올리며 통영 바다 한가득 생을 풀어낸 누이가 새
벽시장에서 챙겨와 밤사이 끓여낸 고등어국. 숟가락 가
득 넘치는 달디 단 국물 목젖으로 삼키며 속리산 오리

숲 나뭇가지 사이로 눈물처럼 흘러가던 외사촌 누이의
커다란 보름달 같은 삶, 숟가락으로 떠서 내 몸으로 밀
어 넣는다.

냄비밥

연탄아궁이로
냄비밥 해본 사람은 알지.
아무리 불 좋아도
냄비밥 할 때
숨구멍 막아 불꽃 잡고
쌀 안쳐야 한다는 것을.

밥물이 팔팔 끓을 때면
그 숨죽인 불꽃마저 가리개로 가라앉혀
들썩이는 냄비 뚜껑 잠재워야
밥알들 동글거리며 퍼진다는 것을.

바가지도 없어
겨우 쌀 한 움큼 냄비에 부어
손가락으로 씻고,
냄비밥 뜸자리에 새우젓 앉혀
혼자 숟가락으로
양은냄비 바닥 긁어본 사람들은 알지.

아무리 바다의 깊이가 깊다 하여도

사람 가슴 밑에 깔린 설움에는
닿지 못한다는 것을.
연탄불 아궁이 보글거리는 밥물 넘쳐
매운 연기에 흐르는 눈물
손잔등으로 닦아본 사람들은
그것을 알지.

3부
부용대 백사장

감자수제비

호미가 땅을 두드릴 때부터 감자는 알고 있었던 것이다. 땅속에서 태양의 말을 삼키며 감자는 생각을 둥글게 말아 가슴 속으로 다짐을 하였던 것이다. 애호박과 풋고추들과 뒤섞여 온몸을 칼질로 저미는 수난을 겪어야 할 도마의 세례식을, 고춧가루와 마늘 끓는 가마솥에 뛰어들어 밀가루 수제비 조각들 자신을 감싸고 자맥질할 때 감자는 들었던 것이다. 빗방울이 양철지붕에서 연주하는 그 경쾌한 리듬 속에 한 가족이 다정하게 상 앞에 둘러앉아 모기불과 달빛에 시달리면서도 묵묵히 자신을 기다리며 빈 대접을 떠받치고 있었던 것을, 호미가 땅을 파고 자신을 묻기도 전에 알고 있었던 것이다. 감자는 오랫동안 땅속에 묻혔다 지상으로 나와 마침내 밥상 위에서 남을 위해 자기 살을 저며 내고 나서야 삶이 완성된다는 걸 이미 알고 있었던 것이다.

지리산 까막돼지

지리산 금계부락에서의 일이다.

난생 처음 찾아간 옻밭. 새파랗게 솟아오르는 옻순 먹고 밤 설사를 만났다. 부글거리는 배를 잡고 달려간 측간, 내 몸에 고인 온갖 불만들 한꺼번에 쏟아져 별들이 달리 보이던 순간 발밑에서 누군가 나를 올려다보고 있었다.

엉덩이 까고 항문까지 몽땅 드러낸 채 하늘 향해 고개 흔들며 용쓰는 내가 가엾다는 듯 사제처럼 검은 예복을 입은 까막돼지가 들창코 치켜든 채 혀를 차고 있었다. 인간들이란 어쩔 수 없다고, 꼬리를 말아 감고 목까지 차오른 깨달음 입 밖으로 토하며 우리 속을 짧은 다리 끌고 다니고 있었다.

도시 한복판 간판에서 만나는 지리산 까막돼지.
검은 빛깔 사라진 살갗이 숯불에 이글거리며 익어갈 때마다 내 기억에 금계부락 공중에 뜬 해우소 높은 기둥으로 절 하나 세우고 어둠 속을 두리번거리던 눈동자, 별처럼 반짝이던 성자들. 그 성자들이 피워 올리는 제향

에 취해 나도 모르게 세상 향해 주둥이 삐쭉 내밀고 온
몸 정신의 설사를 기다린다.

은어구이

가시내는
도시락 뚜껑 열지 못했다.

어른들은
수박 향내 난다고 초장에 뼈째 먹어야 한다고
아무렇지 않게
아버지 그물 앞에서 말했지만

가시내는
교실에서 보리밥 옆 호박잎에 싸여
고추장으로 구운
은어 꺼내놓을 수 없었다.

부용대 백사장
모래만큼이나 햇살에 반짝이던 고기
달밤에 아버지
나룻배 난간에 앉아 발 담그면

옅은 여울목에서 자잘거리며
강물이 써놓은 글씨 읽어가며

지느러미로
아린 통증 뭉글져 오는 젖가슴
쓰다듬어주던 은어들.

감자가 자갈처럼
드문드문 박혀 있는 보리밥 한쪽에
그 은어들이
붉은 고추장과 뒤섞여 앉아 있는
도시락 뚜껑을
가시내는 끝내 열지 못했다.

감자탕

처녀는 자꾸 배가 고팠다
어둠 속에서
벌치는 사내 숨소리가
귓속을 붕붕거리는 벌통으로
만든 뒤부터.

장터 난전 돌 때마다
코끝으로 파고든 감자탕 냄새가
며칠 지나도
머릿속에서 떠나지 않았다.

달거리가 몇 번 건넌 다음에야
그날 밤 사내가
아카시아 그늘에서 풀어놓은 것이
벌만이 아니라는 것을 알았다.

뱃속에서 감자 싹 움트듯
헛구역질 올라와
걸음걸이 멈추게 하더니, 마침내
굵은 감자알 굴리는 발길질

뱃속을 돌아다녔다.

기우는 달 따라 더듬거리며
사내가 사는 곳으로
아버지의 모진 매질 피해 떠나오던 길
감자꽃 피어 있는
어두운 밤길 걸어가면서 그날 밤
감자탕 속에 부딪치던
숟가락 소리가 발자국 따라왔다.

상어돔배기

임고 과수원 집
그 기집애 가슴이
능금 알보다 더 작게
부풀어 오를 때부터 되바라져.

읍내 향교 아래
슬레이트 지붕으로 덮인 자취방에서
까까머리 사내들과
저녁이면 라면 먹기 화투를 돌리고

주말 집에 갔다 오면
가방 한쪽이 남산만 하게 사과를 담아 와서는
까르르 웃음소리 교실에 터트리던
그 기집애.

자갈이 사과 알보다 더 많던
강변 과수원 댐에 잠기고
기집애 살갗보다 새까만 아스팔트 선산 가른 뒤
서울로 떠났다가

나이 들어 불쑥
남문시장 좌판 위에 상어돔배기 파는
아낙으로 나타나서
소금 절은 돔배기보다 짜디짠
돈주머니 옆에 차고 살더니

유언처럼 임고댐 상류
푸른 물결이 출렁이는 산기슭에
어제 혼자 묻혔다.

과수원
능금꽃 같은 물빛이 반짝이는
산 위에
한 마리 민물상어가 되어
나뭇가지 사이
헤엄치는 또 다른 돔배기 되었다.

콩잎장아찌

마흔두 살 청산댁 가을 내린 콩밭을 더듬는다. 한 사흘 가을비에 누렇게 변한 들판 콩깍지들 여윈 살 비비고, 청산댁 콩잎 하나 따서 묶는다. 여름내 땅에서 퍼 올렸던 독기 거두고 이제는 꼬투리에 자신을 가두는 시절, 청산댁 이마에 닿는 햇살 가벼워져 콩잎은 속살 부드럽게 모든 것을 품는다.

장항아리 바닥에 누워 콩잎은 생각하리라.

마흔두 살 청산댁 여름내 땀방울 흘리며 호미질 하던 소리, 갈라진 밭고랑 떨어지던 빗방울 소리, 거친 콩잎에 소금기 스며들며 눈 내리는 소리로 삭혀 뼈까지 투명해진 뒤에야 다시 세상이 눈 뜨는 것임을. 마흔두 살. 사내 잃고, 혼자 산기슭에서 밤마다 눈물짓던 청산댁 달 위에 올려놓은 긴 한숨이 자신을 키웠음을.

감천동 이모

여자가 넷이나 되는 박복한 집 둘째로 태어나 스물둘에 만난 낭군 병으로 잃고 낯설고 물 선 감천시장에서 삼남매 떡장사로 키운 부산 감천동 이모. 어릴 적 고향 뒷산에서 나무 하다 한쪽 눈 애꾸가 된 뒤 오로지 자식 키우는 일만 바라보고 망개떡, 바람떡, 쑥떡, 손가락 지문이 없어지도록 뽑아내다 사위 둘 얻고 일흔 되어 손자 본 뒤에는 감천동 떡집 간판 내리고 절편처럼 토막 난 기억들 추스르며 요양원 침대 위에 앉아 있는 감천동 이모.

그녀가 떠나온 골목 누군가 그려놓은 벽화 위에 알록달록 화전 굽는 아낙으로 나와 낯선 객지 사람 돌잔치며 혼사마다 떡판을 보내주고 하루 종일 굶고 있다 사십년 만에 만난 먼저 세상 떠난 동생 아들에게 앞치마 속 지폐 뭉치 한주먹 밀어 넣고 송편 같은 눈물 쏟던 감천동 이모. 자신이 떠나면 상 위에는 떡 한 조각 올려놓지 말고 알록달록 색동옷 입은 케잌으로 상 차려 손자들 나눠 주라던 여인. 요양원 한쪽에 솜씨 좋은 떡 만들던 세월 몽땅 시루떡처럼 켜켜이 망각 속에 쌓아놓고 감천동 벽화처럼 말없이 앉아 있다.

조기울음

그 울음소리 들어보았어.

철쭉이 법성포 바다 붉게 물들면
아무도 없는 모래사장에서
한밤중 나지막이 울려 퍼지기 시작한다는
그 울음소리 들어본 적 있어.

들판에 보리 누렇게 익어 가면
사람들 가슴 후벼 파는 그 울음소리
흘러넘치지 않게 하기 위해
사람들은 소금 절은 조기 바람에 말려
항아리 깊이 묻었다지.

칠산 앞바다 밤불 환하던
사리 파시 끝나고
뱃동서 따라 장산곶까지 올라간 사내들
등짝 해풍 붉게 익어 번들거릴 때

후리질로 목이 쉰 사내들
사나운 잠 헤집고 달빛마저 휘어지게 만들며

금빛 투구 쓴 지느러미
서해바다 가득 울려 퍼지게 했다는 소리.

봄부터 늦가을까지
혼자 포구에서 밤새우던 아낙들이
퍼렇게 바다 쥐어짜며
허벅지에 새겨 넣으며 토해낸다는
그 가슴 멍든 울음소리 들어본 적 있어.

토끼반대기

정선 백봉령
눈이 지붕 위에까지
올라왔다.

사람들은 마당에다
장작더미로 커다란 눈집을 만들어놓고
외딴 집에서
아이 하나가 온종일 굶고 있었다.

귀까지 털모자 가린 아버지가
올무로 잡은 토끼
숯불에 구워 반대기로 만든 뒤부터
산속에서
겨우 사귄 친구 잃었다고.

봄 되면
혼자 가는 시오리 등교 길
이제는 무서워
그림자 출렁이며 갈 수 없다고
옥수수 노란 알밥 서걱이는 고봉밥

방안 구석에 둔 채

장작광 울타리 옆
눈밭에서 나온 토끼처럼 웅크리고
잠깐 사이 눈발 그친
대설 하늘 올려다보고 있다.

마주조림

물속으로 플라타너스 나무들 고개 들이밀고 들여다
보았다, 이끼 하나 없는 모래 바닥에 납작하게 숨어 살
아가는 놈들.

강가 둔덕에 고개 내밀고 있는 푸른 무청과 혼례라도
시켜주겠다고 미리 약속이라도 한 것일까.

강가 매운탕집 주인이 내오는 냄비에 바싹 졸여져 나
온 마주조림.

무청 시래기에 배 깔고 커다란 두 눈 부릅뜨며 젓가락
들고 설치는 내게 묻는다.

지금 누가 당신 납작한 삶을 들여다보고 있냐고, 나나
당신이나 세상에 조릴 대로 조려져 평생 밑바닥 기면서
살지 않았냐고, 두 눈 똑바로 뜨고 묻고 있다.

콩비지밥

쌀도 가끔은 가마솥에서 혼자 끓어오르기 싫을 때가 있는 것이다.

그런 날이면 주인과 아낙 맷돌 옆에 불러놓고 물에 잔뜩 부어오른 콩을 갈게 만든다.

살짝 달아오른 솥바닥에 비곗살 달라붙은 돼지고기를 끌어 모으고 서걱이는 김치며 콩나물 몇 줌, 덤으로 쌀 위에 올려놓고 함께 은근한 불로 끓인다.

겨울이 조심스럽게 문풍지 흔드는 처마 밑으로 바람이 헛기침하며 돌아다니는 저녁.

콩물과 쌀물이 함께 가마솥에서 오붓한 신방 차려 알콩달콩 서로 손잔등 쓰다듬으며 만들어낸 콩비지밥.

하얀 사기그릇에 양념간장 치고 주인과 아낙이 세상 살면서 겪은 설움을 서로 쓰다듬으며, 삶이란 김치와 콩나물, 무가 한 숟가락 안에서 사이좋게 어울려 사람들 목젖을 달래는 콩비지밥을 함께 비벼먹는 것이라고, 처마 밑 고드름 다듬으며 서로를 다독이는 밤.

침시(沈柿)

성질 급하면
침 한번 맞는 것이지.

남들은 나뭇가지에 매달려
찬서리 기다려보고
때까치 다급한 잔소리도
귓전으로 흘려보낸다고 하지만

가슴 열불 일어
공중에 매달려 있지 못하는 놈은
주인 아낙 대침 한대 맞고
나무상자 깊숙이 등겨짐 지고
속부터 익어가는 소리 삼키는 것이지.

한 일주일 어둠 속에서
땡감 떫은 냄새 곰삭혀 덜어내고
안방 윗목 떠도는 세상 소문 귀동냥한 뒤
얼굴 불그스레하게 깨닫게 되는 것이지.

눈 내려 감잎 다 떨어지고

꼭지에 찬바람 맞아 철든 아이들
아무리 씨앗 묻고, 땅 위로 촉 튀어 봐도
남의 가지 접붙여 키워내야
제대로 된 새끼로 영근다는 것을
엉덩이에 대침 한번 맞아봐야 알게 되지.

4부

호두나무 과수원 아래

앵두

누구도 그녀에게 말 한마디 흘리지 않았다. 우물가 붉
은 앵두가 그 소문을 퍼뜨렸는지도 모른다. 아침 안개
가 물가 따라 애장터 벼랑 감쌀 때 혼자 산길 걸어 내
려오는 것 아니었다. 하얗게 핀 밤꽃이 그녀 어깨에 올
려놓은 것은 이슬방울들만이 아니었다. 밤사이 읍내 친
정집에서 막둥이 학자금으로 꾸어 이마에 지고 온 보리
쌀 두 말. 그 보리알보다 더 많은 소문이 곳곳이 허물어
진 싸리 울타리 바깥을 돌아다녔다. 서방 잃고 삼남매
혼자 챙기며 허벅지 안쪽에 무수히 수놓았던 글씨도 밤
꽃 필 때 다녀온 삼십리 밤 친정 길에 불어난 소문 잠재
우지 못했다.

염매시장 수육

노인은 고기를 종잇장처럼 썰었다.

새우 젓갈에
살짝 샤브하듯 고기 끝을 묻혀야 한다고
오십년 돼지기름 절은 손은
수없이 잔주름 났어도 반들거렸다.

탁자라야 겨우 세 개
수육 한 접시 시켜놓고 사내들은
세상 마구 파헤쳐 놓았지만
미동도 없이 노인은 종잇장 뜨듯
찬 물에 식힌 고기
정교하게 다듬어 사람들 입을 막았다.

염매시장 모퉁이 수육집
시를 쓰는 선배가 토렴 치듯 언어를 흔들고
까까머리 소년과 나는
소림사 무협지 같은 노인 칼솜씨에
정신이 팔렸다.

칼은 저렇게 움직여야 해
아무 표정 없이 상대방 살을 가르고
피 한 방울 흘리지 못하게
뼈 가르고, 언어와 기교로 제압해야 해.

노인은 삶과 죽음을 한몫에
축하하기 위해 상갓집과 잔칫집으로 나가는
또 한 덩이 고기 도마에 올리고.

서른 넘은 시인과
총각배기 문청 둘이 허기진 마음 채우기 위해
탁자에 오른 수육 같은 언어
오랫동안 묵묵히 씹어 먹고 있었다.

아욱국

돌아가신 외할머니,
한 묶음 아욱다발로
동네 마트 진열장에 앉아 계시네.

여름 되면 비 오는 개울가
허리에 말아 올린
치맛단 적시며, 등 굽도록 주워오던
올갱이 어디다 두고.

푸른 냉기 쏟아지는 채소전
한 모퉁이
남의 땅 빌려, 얌전히 앉아 계시네.

된장 끓여놓을 그릇도 없이
손가락으로 휘저어,
풀어놓던 밀가루 죽 같은 이야기
사람 떠난 고향 땅에 두고.

백발조차 사라진 외할머니
혼자 낯선 도시 슈퍼마켓에 나와

남의 며느리 손길 기다리며
푸른 아욱 한 다발로 앉아 계시네.

도리뱅뱅

세상 살다보면
이렇게 둥근 후라이팬에 동무끼리
어깨 맞추고 둘러앉아
뜨거운 기름 같은 열정에 몸 맡긴 채
두 눈 똑바로 뜨고
지글거리는 불길 지켜봐야 할 때가 있다.

사람들이야 어쩌다 한번
강가로 나와, 몸부림치듯 쏟아지는 발전소 수문으로
뛰어오르는 우리를 쳐다보며
하류로 떠내려가는 하루 낚싯대로 건져 보내지만.

강가 수족관에 갇혀
온몸으로 지느러미 흔들고 있는 친구들은
이미 알고 있는 것이다.
댐처럼 강을 가로막아놓은 답답한 무엇인가
사람들 머릿속에 갇혀 출렁거리고 있다는 것을.

도리뱅뱅 튀겨 나온 그릇 바닥
쇠 긁는 소리 내며 숟가락 지나가면

푸른 빛깔로 독 오른 물결 속에 이끼벌레 닮은
괴물 같은 소문 퍼져나가고
홍수 때 쏟아지는 무너미 같은 비명소리
물가에 웅성거리며 떠돌고 있음을.

강가 나무에 새겨진
한철 푸르게 반짝이는 세월 속으로
미처 삭이지 못한 함성들
지글거리는 기름 안에 납작하게 숨죽여 있다
생활에 담금질된 온몸을
뼈 으스러지게 꿈틀거릴 때가 있다는 것을.

매운 청양초 고명 아래
등 빳빳이 튀겨져, 허름한 포장집
도리뱅뱅이 한판 위에 올라앉은 우리가
쓴 소주 털어 넣은 사람 입안으로
두 눈 부릅뜨고 들어가는 것은
그들 속내 구석구석 다 들여다보고
세상 향해 외치고 싶은 소리 있다는 것을
사람들은 이미 알고 있는 것이다.

도루메기

밤이 되면 급양대 철조망 개구멍으로
얼어붙은 바다가 나무 상자에 실려 새어나왔다.

어둠 속에서 키 작은 그림자 몇 개가
음식 찬반 담은 양철통 리어카로 실어 나르고,

마을 개울가 아낙들은 찬반 뒤집어쓴
얼음덩이 녹여 도루메기 다시 물에 풀어놓았다.

바다가 새어나온 날, 철조망 안에서 독한 밀주가 돌아
다니고
아무도 그 밤 물가에서 벌어진 양만작업을 말하지 않
았다.

새벽녘, 남폿불 깜박이던 부엌에서는 양푼이 노랗게
알밴 도루메기 끌려나와 영문도 모른 채 숟가락 사이
헤엄쳐 다녔다.

급양대 깃발이 펄럭이던 마을, 바다 훔쳐낸 아이들
사타구니 사이 보송거리던 거웃들

하룻밤 어둠에 물들어 더욱 시꺼멓게 자라나 짙어지고.

청어과메기

바다를 걸어 말렸다:
푸른 등줄기 층층이 쌓아놓은
파도의 나이테도
겨울바람에 습기 잃어버리고,
얼음 서걱이던 가슴팍
붉은 살도 이제는 편안해졌다.

풍장이라고 생각했다.
한평생 소금물 속 헤매던 생이
비로소 땅으로 건져 올려져
햇살 속을 마음껏 날아다녀 보고.
공중에 풍경처럼 매달려
푸른 달빛 젖은 휘파람 불어보다

열반에 든 부처같이
살짝 지느러미 새끼줄 밖으로 내밀어
아직도 찬 바다 헤매는 동료에게
산다는 일은, 한 줄 나뭇가지 끝으로
두 눈 뚫어지게 만들어
푸른 보리 이삭 같은 경전 읽는 것이라고

커다랗게 입 벌려 소리치고 싶었다.

땅 위에 한 달 붉은 살 풀어주고
바람에 보름 뱃속 새끼 말려 털어내면
아쉬워라, 동해바다 모든 청어 새끼들
양쪽으로 뚫린 눈 통해
물 밖 부질없는 세상 볼 수 없음이여.

문어단지

바다 속에 단지를 묻었어.

무얼 그리 많이 숨겨두었는지
날마다 출렁이는 바다
그 파도들 속내 알기 위해
아이 머리통만한
옹기 단지들 한 줄로 묶어
물속 깊이 내렸지.

눈앞 보이지 않는 때 피해
보름 앞둔 환한 날
무엇이 그리 궁금하냐는 듯
한 마리씩
단지 속에 웅크리고 앉아
커다란 눈망울
끔벅거리던 문어들.

아무리 읽으려고 해도
사람의 말로는 풀어낼 수 없던
그들이 써놓은 답안지들.

그 답답함 해결하기 위해
단지째 불에 올려놓고
펄펄 끓인다, 이 답답한 속을.

옻순

지랄 같은 세상
옻이나 한번 올라봅시다.

나뭇가지 끝에
독사 혓바닥 같은 새순들
빳빳이, 고개 쳐들고 올라오고

거들먹거리는 햇살
환장할 것 같이 산기슭 어슬렁거리면
옆구리에 수 삼년 묵은 된장
한 주먹씩 보자기에 싸 꿰어 차고

뒷동산 양지녘 허공에
종처럼 매달려 고개 기웃거리는 옻순들
손바닥 시커멓게 꺾어
겨울 동안 땅속에 숨어 있던 독을
입으로 삼켜봅시다.

달싹하게 나른한 봄독
전신으로 기지개 켜듯 퍼져나가면

핏속에 잠들어 있던 욕망들
살가죽 벌겋게 들어올리고
폭탄처럼 미칠 듯한 근지러움 한꺼번에
살 깊은 곳에서 터져 나오면

시커멓게 옻진 물든 손톱
독수리 발톱같이 날카롭게 세워
악다구니처럼
온몸에 달라붙는 세상 군더더기
한꺼번에 떨어져라 정신없이
긁어대는 옻이나 한번 올라봅시다.

고들빼기김치

호두나무
과수원 아래였어.

호두 털 때
옻오른다고 얼씬도 하지 않던
그 처자
밭 한쪽에 쭈그리고 앉아
가슴에 숨겨둔 아득한 것들
혼자 호미로 쪼아내고 있었어.

탱자가시보다 더 날카롭게
쪼아대던 그것을 수삼일 소금물에
돌로 눌러놓더니 어느 날
잎사귀 모두 시커멓게 절여진 뒤
시뻘건 양념으로 버물어
조그만 단지 속에 꾹꾹 눌러
어두운 광 한쪽에 숨겨두었지.

겨우내 뒷방에서 수군거리던
아낙들 목소리 사라진 뒤

호두 털던 읍내 사내 들린 골짜기.

밥상에 올라온 보시기 담긴 고들빼기
입 안 가득 번지는 쓴 맛에는
지난겨울 가슴에 옻올라 곰삭히던
처자 검은 멍 사각이는 소리로 묻어났다.

동백기름

그 기집애
올해도 온다고 소문을 냈다.

짠바람에 동백꽃 붉은 입술 드러내기 전
날라리 같은 서울 생활 접고
지가 깨보숭이로 헤집고 다니던 갯가 언덕배기

담장 허물어진 슬레이트 집 고쳐 살며
쓰디쓴 육지 냄새 지우겠다고
외지 동창에게 술 냄새 풍기며 목청 돋우었다.

뻔히 부질없는 소리라고 알면서도
부두로 가는 굽은뺑이 날망
서까래 허물어진 가시내 집 주변 서성이다
장승처럼 떠난 사람 목소리
가지마다 붉게 토해놓고 있는 삼백년 동백을 본다.

나도 소문같이 혼자 지킨 섬 떠나
풀들의 파도 넘실거리는
몽고나 베트남으로 가 어린 처녀 옷고름에

홀아비 쉰내 씻고
가슴에 숨겨두었던 동백기름 내음
흔적 없이 지웠다는 편지 서울로 보내볼거나.

하룻밤 수십 번도 되새겨본 생각들
붉은 글씨로 땅 위에 떨어져
안개 가득 쌓인 갯바람에 환하게 반짝인다.

산국(山菊)

시간으로 치면 이놈은 한 천년은 참았음직 하다. 그렇지 않고서는 흙과 바위가 옹골찬 산비탈 이런 지독한 향기 퍼뜨리며 서 있을 필요 있겠는가?

높이로 친다면 이놈은 한 만길은 품었음직 하다. 온 골짜기 푸른빛이 한꺼번에 꽃대궁이에서 퍼져 나온 빛깔로 점점이 살이 파여 하얗게 흩어져버린다.

그렇게 모든 것 지워버릴 듯 서 있던 놈이 무슨 생각인지 일주일 되지 않아 그 넓은 시간의 높이와 깊이 걷어버리고 온 전신 쥐어짜듯 세계를 닫아버린다.

그리고 하늘 향해 심한 가래침 뱉듯 자신의 희디흰 육신 터뜨려 소리 없이 땅바닥으로 떨어져 내린다. 그렇게 오랫동안 참고 견디어 다다른 세상 아무것도 아니라는 듯.

산국 지고 난 골짜기, 갑자기 여름 들어서고, 온 숲 푸른 몸살로 몇 달 심하게 고열 들떠 시달리고 나서야 비로소 나는 깨닫는다.

잎 지고 꽃 피어 닿은 산 하나 그 기다림에 지쳐 벌겋게 달아오른 홍엽으로 물들어버린 것을. 산국 봉우리 곤하게 가리키던 그곳, 지난 세월의 무덤자리 있었음을.

산도 없고 하늘도 없는 도심 한 가운데서 비로소 나는 깨닫는다.

신성에게 말하다

내게 그런 소설이 하나
있었지.
소나무가 사람처럼
고개 기웃거리며, 숲속을 걸어가면
늙은 고라니
엉덩이처럼 비틀거리던
직장이 하나
산모퉁이 돌아 물 먹으러 가던
웅덩이 옆에 하나 있었지.

달천강,
누가 그 많은 숫자 세어
땅 위에 그려놓았는지 알 수 없었던 시절
부추 잎사귀는 짓물러
사발 바닥을 기어 다니는 올갱이 다독이고
밤이면 뱃전에
불환하게 이야기 매단 꿈이
어지러운 내 밤 밑바닥 끌고 가고 있었어.

공중에 풍경을 매달고

대웅전에 닷집 세워놓던 사람들
가림토 문자로 쓰여진
코란을 읽다
계피향 터지는 술빵을 먹으면,
어쩌나 내 목구멍에서는
실지렁이 같은 욕망들 꿈틀거리며
종이 위로 쏟아져 나왔지.

스페인 살 때 이야기였는지 몰라.
자꾸만 구멍 뚫어지는
기억을 휠체어 위에 앉혀놓고
드론으로 스캔해 들여다보던 세상
오래 전에 나는 잃어버리고 있었는지 몰라.
어제까지도 이어지던 결말 없던
수상한 이야기.

삶의 숨구멍이 불꽃 낮추는 화덕 위에
무화과 잼을 발라내던
줄거리, 아마도 이집트 사막 한가운데서
아내와 함께 먹었던

비둘기요리 음식이 내 몸에 써놓았던
소설이었는지 몰라.
수 만개 촛불이 춤추던 염호에서
신성이 폭발하던 그 밤
내가 당신에게 건네주었던 소설,
그것이 하나 있었지.

두부에 대하여

아무래도
이 시는 못 쓸 것 같다.

두부라니, 세상을 갈아
사람들 궁기 없애는 하늘의 밥상을
어떻게 종이에
검은 빛으로 새겨 넣을 수 있다는 말인가!

노란 열매에
숨겨져 있는 그 희고 흰 살결을
불러내기 위해
장작으로 불을 피워 올리고
소금의 피가
땅 위의 숨소리와 만나
뜨거운 물속에서 은밀히 결의한 이야기
함부로 입에 올릴 수 있다는 말인가!

세상사
씨줄과 날줄로 엮인 삼베에 싸여
두부가 자신을 만들 때

이따위
말도 되지 않는 문장으로
젓가락질 당하는 걸 원하지 않았을 터.

누가 두부에 대해
함부로 시를 쓸 수 있다는 말인가!
뜨거운 태양과
차가운 바다의 우주가
함께 만나 맷돌로 갈리고

장작불의 불타는 애무에
자신을 은근히 끓어오르게 만든 뒤
자루 안에서
억센 손길로 쥐어 짜이는 고행 끝에
인간의 입 벌리게 만드는
이 희디흰 음식에 대해 어떻게
검은 글씨로
적어놓는단 말인가 ?

아무래도 이 시는

더 이상 쓰지 못할 것 같다.

곡주사

　페인트로 칠한 간판이 일주문처럼 늘어서 있는 긴 골
목 들어서면, 사천왕상같이 팔뚝 걷어붙인 아주머니들
가슴에 커다란 연탄불 안고 까까머리 수행자들을 기다
렸다. 면벽해야 할 벽에는 오관게(五觀偈) 대신 검은 매
직펜으로 쓴 메뉴판 붙어 있고, 어스름이 내리면 혀 꼬
부라진 독경소리가 창문 밖으로 흘러나왔다. 사람들은
모두 큰 목소리로 저마다의 법좌를 펼쳤다. 숱한 야단법
석이 날아다니고 가끔씩 주머니에 무전기 넣은 잠바차
림의 사판승들이 기웃거렸다. 어쩌다 시내 한복판 최루
가스라도 퍼진 날은 기울어진 술잔에 붉은 핏자국 불투
화처럼 피었다졌다. 아무리 목구멍 깊숙이 막걸리 잔을
부어도 목이 마르기만 하던 날들. 주머니에 몰래 넣어둔
격문을 펼치면 자꾸만 기울어지는 법당 지붕 끝 노랗게
전기불로 타들어가고, 야간 통행금지 사이렌이 우리들
을 길거리에 날리는 삐라처럼 어둠 속에 흩뿌렸다.

미칠 듯한 근질거림의 발화

이하석(시인)

박기영이 참 오랜만에 시집을 낸다.

1959년 충남 광천에서 태어난 그는 일찍이 아버지를 따라 대구로 이주했다. 1982년 매일신문 신춘문예로 등단했는데, 이때 나는 그 신문사의 문화부 기자였다. 당시 그의 당선소감을 받아야 하는데 행방이 묘연하여 백방으로 찾아다니던 기억이 새삼 떠오른다. 기실 그와의 만남은 그전부터였다. 1970년대 말, 내가 영남일보 문화부 기자로 있을 때 자주 찾아왔다. 장정일을 데리고 오는 날도 많았다. 때로 그의 아버지가 사냥해온 멧돼지나 노루의 다리 한 짝을 싸들고 와 당직실에서 함께 난로에 구워먹거나 신문사 주변의 식당에다 구워달라고 해서 술안주로 삼기도 했다. 1980년 언론 통폐합으로 매일신문사로 옮긴 후에도 둘은 자주 찾아왔다. 물론, 이따금 물의를 빚어서 애를 먹이기도 했지만.

박기영은 장정일과 함께 「시운동」 동인으로 활동하기

도 했으며 장정일과 2인 시집『聖·아침』(1985년, 청하)
을 냈고 개인시집『숨은 사내』(1991년, 민음사)를 냈다.
이 당시 그의 자취는 대구의 유명한 술집 곡주사와 YM
CA와 심지다방, 시인다방, 25시다방 등 곳곳에 묻어났
다. 그러나 첫 시집 발간 이후 문학을 접은 듯 오랫동안
방송작가로 있으면서 KBS「일요스페셜」의「만행」,「동
행」,「봉원사 이야기」편의 제작에 참여하고 프리랜서 연
출가로 생활했다. 그러다 캐나다 밴쿠버로 이민을 떠나
기도 했다. 다시 한국에 온 그는 먹고 살기 위해 '옻 장
사'를 하려는 욕망에 들끓었으며 전국의 옻 산지를 떠돌
다가 금강 가에 터를 잡고는 옻 전도사로 새롭게 변신했
다. 그가 사는 지역을 옻 특구로 만들면서 옻닭, 옻된장,
옻엑기스, 옻술 등 옻과 관련된 제품들을 왕성하게 생
산하여 보급, 유통시키고 있다. 그런 가운데 첫 시집을
낸 지 20년을 훌쩍 넘긴 이제야 두 번째 시집을 낸다.
그동안의 그의 역정을 떠올리면 가히 파란만장인데, 그
러한 역정 가운데서도 시의 불씨를 꺼트리지 않고 간직
해온 게 신기하고도 고마울 따름이다.

  그가 옻에 유별난 관심을 가지는 이유는 무엇일까? 필
자가 그를 만났을 때부터 옻 이야기를 자주 했던 듯하
다. 봄에 옻순을 채취할 때가 되면 형과 함께 지리산 등
옻 산지에서 옻순 따는 일을 하러 간다며 며칠씩 대구
를 비우기도 했던 것 같다. 그의 아버지는 옻닭집을 대

118

구에서 가장 먼저 열어 이후 쭉 그걸로 생계를 이어갔는데, 이 때문에 그가 옻에 대해 각별한 생각을 가지게 됐으리라 짐작된다. 결국은 그 역시 아버지의 뒤를 이어서 옻으로 생계를 이어가게 되는 것이다. 이번 시집에 옻에 대한 시가 많은 것은 그런 각별한 관계 때문일 터이다. 옻에 대한 얘기나 정서가 이 시집의 기반을 이루다시피 하고 있는 것도 그렇다.

뒷동산 양지녘 허공에
종처럼 매달려 고개 기웃거리는 옻순들
손바닥 시커멓게 꺾어
겨울 동안 땅속에 숨어 있던 독을
입으로 삼켜봅시다.

달싹하게 나른한 봄독
전신으로 기지개 켜듯 퍼져나가면
핏속에 잠들어 있던 욕망들
살가죽 벌겋게 들어올리고
폭탄처럼 미칠 듯한 근지러움 한꺼번에
살 깊은 곳에서 터져 나오면

시커멓게 옻진 물든 손톱
독수리 발톱같이 날카롭게 세워

악다구니처럼
온몸에 달라붙는 세상 군더더기
한꺼번에 떨어져라 정신없이
긁어대는 옻이나 한번 올라봅시다.

―「옻순」 부분

그가 탐닉하는 옻순은 '봄독'이다. 이 독이 온몸의 안
팎에 퍼지면 자신의 살 깊은 곳에서 '미칠 듯한 근지러
움'을 일으킨다. 옻독이 피부 밖으로 퍼져 나오면서 물집
을 형성하는데, 그 '전신에 악다구니처럼 달라붙는 세
상 온갖 군더더기' 같은 근지러움의 물집들을 옻진으로
물든 손톱으로 살가죽이 떨어져 나가도록 긁어보겠다
는 것이다. 생에 대한 강렬한 인식을 보이는 이런 모습
은 상당한 설득력을 갖지만, 한편으로는 너무 개인적인
넋두리나 현실감각을 강조하는 게 된다. 이 시집에 실
린 다른 옻 관련 시들을 보면, 그가 옻을 탐닉하는 이
유가 보다 더 역사적이고 가족사적인 것과 관련되어 있
음을 알 수 있다.

식당 문 열고 들어가면
서툰 솜씨로 차림표 위에 써놓은 글씨가
무르팍 꼬고 앉아, 들어오는 사람
아니꼬운 눈으로 내려다보고 있었다.

"옻오르는 놈은 들어오지 마시오."

그 아래 난닝구 차림의 주인은
연신 줄담배 피우며
억센 이북 사투리로 간나 같은
남쪽 것들 들먹였다.

"사내새끼들이 지대로 된 비빔밥을 먹어야지."

옻순이 올라와 봄 들여다 놓는 사월
지대로 된 사내새끼 되기 위해
들기름과 된장으로 버무려놓은 비빔밥을 먹는다.
항문이 근지러워 온밤 뒤척일
대구 맹산식당 옻순비빔밥을 먹는다.

옻오르는 놈은 사람 취급도 않던 노인은
어느새 영정 속에 앉아
뜨거운 옻닭 국물 홀쩍이며, 이마 땀방울 닦아내는
아들 지켜보며 웃고

칠십년대 분단된 한반도 남쪽에서 가장 무서운
욕을 터뜨리던 음성만
옻순비빔밥 노란 밥알에 뒤섞여 귓가를 떠나지 않는다.

"옻 올랐다고 지랄하는 놈은 김일성이보다 더 나쁜 놈이여."

– 「맹산식당 옻순비빔밥」전문

맹산식당은 그의 아버지가 경영하던 옻닭집 이름이다. 손님을 '아니꼬운 눈으로 내려다보'는 아주 건방지고도 거친 말투의 아버지의 모습이 선연하게 떠오른다. 아버지는 포수였다고 한다. 그 유명한 '맹산 포수'였다. 보통 포수가 아니었기에 포수로서의 자부심이 대단했다. 또한 '살아있는 맛'을 감별하는 데는 따라올 자가 없다고 할 정도로 '맛'에 정통해 있었던 듯하다. 그가 옻을 무서워하는 '남쪽 것'들을 무시하고 경멸한 것도 그들이 외식이나 패스트푸드에 길들여져 옻 같은 생짜의 재료로 은근히 요리한 우리 고유의 '제대로 된 맛'을 모른다고 여겼기 때문이었다. 그런 아버지 밑에서 그는 온갖 짐승 잡는 법을 배우면서 '뜨거운 옻닭 국물 훌쩍이며, 이마 땀방울 닦아내는' 자식이 되어갔던 것이다. 그런 아버지와 아들로서의 숙명적인 관계에 대한 자각이 바탕이 되어 삶이란 '제 맛을 찾는 일'임을 깨닫게 된 것은 당연했을 터이다. 맛에 대한 이런 믿음으로 말미암아 '맛이 맞으면 살만한 것이며, 맛이 맞지 않으면 서러운 삶이 된다'는 나름의 경지를 내세울 정도가 된 듯하다.

구린내 누릿누릿 나는 청국장

손바닥으로 다지면서 아버지는 말했다.

"남쪽 에미나이들은 이 맛을 몰라.
산 이래 조그만 해가지고
며틸씩 눈 속을 헤매봐야 알디."

열네 살, 포수 되어
평안도 맹산 험한 등줄기 타고 다녔던 아버지
여름에 입맛이 없으면
콩을 띄워, 청국장반대기 만들었다.

한 보름 길도 없는 산, 눈발 헤치며
짐승 쫓아 헤맬 때 주머니에 싸고 다녔다는 음식.
소금과 청국장 손바닥으로 다져
숯불에 구웠던 세월.

불쑥 하고 그 사라진 시절 낯선 땅에 떠오르면
노인은 맹물에 찬밥을 말아서
짜디짠 청국장반대기 한 점씩 뜯어 삼키며
범보다 무섭다는 피난살이 온갖 설움
목젖 깊이 넘기며 중얼거렸다.

"에미나이들은 이 맛을 몰라."
　　　　　　　　　　　　　　　－「청국장반대기」 전문

어쨌든 그의 아버지는 청국장반대기의 맛을 모르는 '남쪽 에미나이'와는 아예 소통 불가라는 입장을 내보일 정도로 자신의 맛에 대한 자부심을 자주 표출했던 듯하다. 그러한 아버지의 자부심에 아들이 거부감과 반감을 가지기도 했을 터이지만 그 모습이야말로 '제 맛으로 버티는 피난살이'의 각을 세우는 일로 차츰 받아들였고, 결국은 아버지의 그 '맛'의 진수를 전수받으면서 특히 옻의 맛을 대를 잇는 가업으로 끌어안게 된다. 이번 시집은 그러한 '맛'의 전수에 대한 숭고한 수용의 태도를 보여주는 것이며, 동시에 가업으로 전수한 살아있는 맛에 대한 자부심으로 엮어낸 웅장한 서사의 한 표현이라 할 수 있다. 아래의 시를 보면, 하나의 맛이 어떻게 형성되어 사람의 입에 도달하는지를 아들에게 전수하는 아버지의 음성이 서사성 있는 묘사로 드러난다.

달이 산을 지배하는 것이지. 달이 움직이면 산 그림자가 숲속 헤매고, 나뭇가지 사이로 산돼지 둥지 들여다보고, 개울가 버들강아지 솜털 한번 털썩 하고, 물가에 주저앉아 겨드랑이 파고드는 물소리에 콩콩 언 계곡 부시시 눈 뜨게 하는 것이지.

그럴 때 멧돼지 가슴에 스며드는 거야. 해산 때 찬바람 숨어든 여인네 아기집마다 산속을 떠도는 영혼들 스며들어, 날 차면 무릎과 손목이 시리고, 뼛속에 어두운 달밤 부엉이 우는 소리 배어,

접 없이 산 밟을 사람 숫자 늘여놓은 것 꾸짖어대는 거야. 산후풍
이 그렇게 찾아 들고, 달이 건드리고 간 산마다 아낙들은 늙은 신
음소리 자근자근 씹어서 공중에 올려놓은 것이지.

저담이라고 해.
멧돼지가 산밭 파헤치고
소나무 등걸 비비며
뱃속에 숨겨둔 쓰디쓴 액체.

그 쓴 액체들이 뱃속에서 조금씩 고여 주머니 만들어 산후풍.
팔다리에 산바람이 돌아다니고, 달빛이 얼어붙은 개울물 옮겨
다놓은 것을 풀어내는 저담이 되는 것이지. 미역국을 끓여 그
저담으로 몸속에 스며든 산바람 풀어주어야 해. 몸속에 들어앉
은 산 하나를 밖으로 꺼내서 땀으로 흘러내야 달이 숨겨둔 사연
들 빠져나와 함부로 산속 헤매는 아이를 낳은 값을 갚도록 하지.
멧돼지는 그것을 품기 위해 여인이 사는 고구마 밭 풀어헤치고,
옥수수 줄기 씹어서 담을 키워 뱃속에 산 하나 품는 거야. 저담
을 품는 거야.

―「저담기(猪膽記)」 전문

오랫동안 웅숭깊게 사냥 생활을 한 사람이 아니면 짐
작하기조차 힘든, 그야말로 '비밀의 조리법 설화'라 할 만
하다. 미역국을 끓여 저담으로 '산바람을 풀어내는' 이

런 독특한 조리법은 맹산이라는 낭림산맥의 골짜기에서 짜올려진 맛내기 비법과 그 골짜기의 외로운 삶들이 우려낸 독특한 식문화를 떠올려주는 '희한한 이야기'로 들린다. 이런 비밀스런 '음식설화'와 함께 이 시집 속의 음식 이야기와 그 조리법들은 너무 다양하고 희한해서 우리가 들어본 음식은 물론, 듣도 보도 못한 음식들까지 망라되어 있다. 가히 현대판 피난민 세대의 '음식디미방'이라 할 만하다. 오소리술, 옻순비빔밥, 곰순대, 어육계장, 육포탕, 어육장, 꿩냉면, 청국장반대기, 명태밥, 어죽국수, 꿩두부, 마주조림 등은 물론, 남쪽 지방의 음식들과 음식 재료들이 망라되어 각종 '맛'들이 음식사전을 방불케 할 정도로 질탕하게 소개되고 있다.

아울러 박기영이 그려내는 맛 속에는 한 가족의 아픈 역사를 떠올려주는 정서가 배어있다. 그 맛은 아버지가 낭림산맥의 골짜기를 누비며 익혀낸 맛이기도 하지만, 동시에 실향민과 그 2세들이 갖는 고향의 맛이라는 점에서 각별하다. 그렇기 때문에 유민처럼 남쪽을 떠돌던 실향민들에는 이 맛이 고된 피난살이를 버티게 한 가장 확실한 영양소이기도 했으리라는 생각도 든다. 그런 점에서 그가 떠올리는 음식들은 피난민의 구미를 강하게 끌어당기는 귀의의 맛이라고도 할 수 있다. 또한 타향살이의 정서가 독특하게 녹아있어서 그 정서가 남쪽의 정서를 새롭게 환기시킨다. 아울러 우리 사회 속을 정착하지 못하고 끊임없이 떠도는 실향민이라는 전쟁난민들의 그 '새로운 우리'의 모습을 새삼 가슴 아프게 각인시켜 준다. 박기영에게 있어서 아버지로부터 전수받은 '고향의 맛'은 결국 그의 뿌리를 찾는 가장 확실한 귀향 티켓이면서 그 나름으로 구상하는 남북 소통과 통일의 기반이 된다고 하면 과장된 말일까?

그러한 정서는 다음의 시가 보여주듯,

정선 백봉령
눈이 지붕 위에까지
올라왔다.

사람들은 마당에다
장작더미로 커다란 눈집을 만들어놓고
외딴 집에서
아이 하나가 온종일 굶고 있었다.

귀까지 털모자 가린 아버지가
올무로 잡은 토끼
숯불에 구워 반대기로 만든 뒤부터
산속에서
겨우 사귄 친구 잃었다고.

봄 되면
혼자 가는 시오리 등교 길
이제는 무서워
그림자 출렁이며 갈 수 없다고
옥수수 노란 알밥 서걱이는 고봉밥
방안 구석에 둔 채

장작광 울타리 옆
밭에서 나온 토끼처럼 웅크리고
잠깐 사이 눈발 그친
대설 하늘 올려다보고 있다.

– 「토끼반대기」 전문

　　정선 골짜기에서 사냥하는 남쪽 아버지와 아들의 모
습과 박기영 자신의 가족의 모습을 생명에 대한 사랑의
관점에서 동일한 삶의 선상으로 끌어올리는 소통의 계
기가 된다.
　　다시 말하지만, 박기영의 시에서 보여주는 맛은

밤새도록 여자가 없는 우리 집 부엌
오십 다 된 혼자 사는 남자와
열 살이 안 된 아이가
커다란 주걱 들고 부엌 마당 돌아다닌 뒤

128

비로소 한 덩어리 꿩두부로 변해

매서운 세상살이 몰아치는 섣달 하늘 지나

새로운 해 기다리며

온갖 서글픔 이빨로 부스러뜨리는 음식 되어

상위에서 우리를 기다렸다.

－「꿩두부」부분

에서 보듯, 한 가족사를 관통하는 불후의 맛으로 소통
되는 것이다.

　박기영은 아버지로부터 전수받은 북녘 고향의 맛과,
자라면서 맛봐온 이남의 음식들을 적극적이고 새롭게
수용함으로써 피난살이의 신산함을 보여주면서 남쪽에
말을 걸며, 난민 2세대의 자존심을 세운다. 우리 삶의
가장 기본적인 음식의 맛을 본격적으로 그려 보인다는
면에서 그의 시는 특이하며 독특하고 설득력이 강하다.
우리 문학이 새로 맞는 이채로운 모습이 아닐 수 없다.
박기영의 가족이 지켜온 맛의 삶은 기실 외면할 수 없는
우리 시대 우리 삶의 모습들의 하나라는 점에서 우리가
어쩔 수 없이 이해하고 수용해야 할 삶이기도 하다. 그
수용이 순조롭게 이루어질 때 그는 비로소 우리와 보다
친근하게 화해할 것이다.

　더불어 그의 이런 맛의 정서는 자연의 비의와 교감하

고 소통하는 민감한 감각이 떠받쳐줌으로써 빛을 발한다고 말할 수 있다. "땅속 깊이 뼛속의 고통을 캐내기 위해 오소리술을 묻"(「오소리술」)는 데서도 드러나지만, "꿩이 두고 온 사과밭 한쪽에서/족제비 꼬리 같은 달/눈감고 훔쳐보고 있었다"(「꿩낚시」), "가을 하나가 곰 몸안으로 다 들어간다"(「곰순대」), "하루 종일 눈밭 헤맨 다리를 달래고 뼈까지 차오른 얼음을 육포탕 더운 물로 빼내는"(「육포탕」) 등 시집 곳곳에 비밀스러운 이미지들이 인상적으로 깃들어 있다. 이런 이미지들과 묘사들은 그의 시각이 늘 자연 쪽으로 열려 있으며, 그 자연을 자신의 삶 속으로 끌어들여 사람살이의 참맛으로 우려내려는 열정과 이어져 있음을 보여준다. 박기영은 아마도 평생을 이런 맛을 내는 일로 가업을 경영하고 살아갈 것이다. 금강이 굽이치는 어귀에서 옻닭 한번 거하게 먹자고 오라고 재촉하는 전화도 계속될 것이다. 그런 삶에 푹 고아지고 자연의 깊은 맛으로 우려낸 시들이 계속 쓰여져서 우리를 불러 모으기를 바란다.

시인 박기영

1959년 충남 홍성에서 태어났다. 평안남도 맹산 출신 포수였던 아버지를 따라 원주, 마천 등지를 떠돌다 대구에 정착했다. 대구 달성고 2학년을 중퇴한 뒤 중국집 배달 일을 시작으로 숱한 직업을 전전했다. 그 사이 류시화, 박덕규, 이문재, 권태현, 이산하, 안도현 등 젊은 문학도들과 어울렸다. 1979년 열일곱 살의 장정일을 처음 만나 문학의 길로 안내하면서 그가 첫 시집 『햄버거에 대한 명상』을 낼 때까지 '문학적 스승' 역할을 했다. 1982년 매일신문 신춘문예에 시 「사수의 잠」이 당선되고 『우리 시대의 문학』 등에 시를 발표하면서 본격적으로 창작 활동을 시작했다. 1985년 장정일과 2인 시집 『聖·아침』(청하)을, 1991년 첫 시집 『숨은 사내』(민음사)를 펴냈다. 1987년부터 KBS 방송작가로 여러 프로그램 제작에 참여했으며, 프리랜서 연출가로 활동하다 캐나다로 이민을 갔다. 2002년 귀국하여 충북 옥천에 터를 잡고 옻된장 등 옻과 관련된 음식과 상품을 개발하는 일을 하고 있다. 이 시집에 실린 시 50편은 모두 미발표작이다.

모악시인선 2

맹산식당 옻순비빔밥

1판 1쇄 찍은 날 2016년 7월 22일
1판 1쇄 펴낸 날 2016년 7월 29일

지 은 이 박기영
펴 낸 이 김완준
펴 낸 곳 모 악
기획위원 문태준, 손택수, 박성우
디 자 인 제현주   **편 집** 유이영, 윤여진, 장한이
출판등록 2016년 1월 21일 제2016-000004호
주　　소 전북 전주시 덕진구 기린대로 418 우석회관 5층 (우)54931
전　　화 063-276-8601 **팩 스** 063-276-8602
이 메 일 moakbooks@daum.net

I S B N 979-11-957498-2-9 03810

• 이 도서의 국립중앙도서관 출판예정도서목록(CIP)은 서지정보유통지원시스템 홈페이지(http://seoji.nl.go.kr)와 국가자료공동목록시스템(http://www.nl.go.kr/kolisnet)에서 이용하실 수 있습니다.(CIP제어번호: CIP2016017518)

• 이 책의 내용을 재사용하려면 지은이와 모악의 서면 동의를 받아야 합니다.

값 8,000원